毎日のように手紙は来るけれどあなた以外の人からである

枡野浩一全短歌集

目次

てのりくじら

1997

こんなにもふざけたきょうがある以上どんなあすでもありうるだろう

真夜中の電話に出ると「もうぼくをさがさないで」とウォーリーの声

もう愛や夢を茶化して笑うほど弱くはないし子供でもない

「複雑な気持ち」だなんてシンプルで陳腐でいいね　気持ちがいいね

前向きになれと言われて前向きになれるのならば悩みはしない

とりかえしのつかないことをしたあとでなおくりかえす悪夢や夢や

殺したいやつがいるのでしばらくは目標のある人生である

なにごとにも向き不向きってものがあり不向き不向きな人間もいる

いろいろと苦しいこともあるけれどむなしいこともいろいろとある

無理してる自分の無理も自分だと思う自分も無理する自分

肯定を必要とする君といて平気平気が口ぐせになる

本当のことを話せと責められて君の都合で決まる本当

とりあえずひきとめている僕だって飛びたいような気分の夜だ

階段をおりる自分をうしろから突き飛ばしたくなり立ちどまる

口笛を吹けない人が増えたのは吹く必要がないからだろう

ローソンに足りないものをだれひとり思いだせない閉店時間

必要にせまられたので仕方なく第二候補をわりきって買う

「ネコ缶」と「シャケ缶」それは「雪女」と「雪男」より似て非なるもの

結果より過程が大事　「カルピス」と「冷めてしまったホットカルピス」

振り上げた握りこぶしはグーのまま振り上げておけ相手はパーだ

本音さえおうおうにして意地悪にかたむきすぎて偽悪している

ついてないわけじゃなくってラッキーなことが特別起こらないだけ

ノーベル賞受賞程度でむくわれるほどおめでたい文学だとは

野茂がもし世界のＮＯＭＯになろうとも君や私の手柄ではない

有名な画家の絵だからすばらしい　値段を知るとなおすばらしい

詩人にはならないという約束を交わす二十歳の聖なる儀式

気づくとは傷つくことだ　刺青のごとく言葉を胸に刻んで

ハッピーじゃない　だからこそハッピーな歌をつくって口ずさむのだ

無駄だろう？　意味ないだろう？　馬鹿だろう？　今さらだろう？　でもやるんだよ！

だれからも愛されないということの自由気ままを誇りつつ咲け

「お召し上がり下さい」なんて上がったり下がったりして超いそがしい

陳腐だと言いたいときは「普遍性ある」と翻訳するのが決め手

平凡な意見の前に言いわけをしておくための前置詞「やっぱ」

「たとえば」とたとえたものが本筋をいっそうわかりにくくしている

結婚はめでたいことだ　臨終はかなしいことだ　まちがえるなよ

もっともなご意見ですがそのことをあなた様には言われたくない

冗談はさておきという一言で気づきましたよ　冗談ですか

「ま・いっか?」と他者にたずねるふりをして自問自答であきらめていく

四百字ぶんの枡目をうめるにも足らぬ三百六十五日

オゾン層破壊のせいで美しい夕日なのだとわかってはいる

バラ色の未来のためにフラスコの中で生まれた灰色のバラ

耐えるのだ　ウォークマンの蓄電池ケースのふたがすぐ壊れても

よくまわる地球まわれよ　B面をなくしたツケがまわってきても

文庫版「サンタフェ」二冊キヨスクで盗んで走れ　改札口へ！

だれだって欲しいよ　だけど本当はないものなんだ　「どこでもドア」は

育ちすぎた「てのりくじら」は百円でマクドナルドが買うとの噂

ドレミふぁんくしょんドロップ

1997

きょうはラの音でくしゃみをしたいから「ドレミふぁんくしょんドロップ」は青

かなしみはだれのものでもありがちでありふれていておもしろくない

他人への怒りは全部かなしみに変えて自分で癒してみせる

「じゃあまた」と笑顔で別れ五秒後に真顔に戻るための筋肉

あくびして頬に涙がたれたとき泣き叫びたい自分に気づく

「もう二十歳……自覚しなきゃ」と言ったのに「自殺しなきゃ」と伝わる電話

年齢を四捨五入で繰り上げて憂えるような馬鹿を死刑に

ばななな的悲劇が欲しい　デニーズのコーヒーとうに致死量こえて

この僕を捨てる覚悟でフライドチキンショップの席を立ち上がる君

あなたとのレターセックス　書くという前戯は長く読むのは刹那

毎日のように手紙は来るけれどあなた以外の人からである

「元気です」そう書いてみて無理してる自分がいやでつけくわえた「か？」

おぼろげな記憶によれば「フリッパーズギター」はたしか別れの言葉

本当のことを言わずに済むくらいまじめな顔で話をしよう

書くことは呼吸だだからいつだってただただ呼吸困難だった

痛いの痛いの飛んでくように痛まなくなるまで歌いたい痛い歌

どっち道どの道どうせ結局はとどのつまりは所詮やっぱり

寝返りをうつたび右の鼻水は左へ（世界の平和のように）

神様はいると思うよ　冗談が好きなモテないやつだろうけど

創世のもっともらしい解釈を人間どもにいじらせておけ

五年後に仕返しされて殺される覚悟があればいじめてもよい

遠ざかる紙ヒコーキの航跡をなぞるがごとく飛びおりた君

僕からの手紙の山が芽を生やしレターツリーの森となるまで

水割りを髪で吸い上げ瞳から蒸発させて忘れてしまえ

ストローの袋みたいに軽薄な俺の苦笑が風に転がる

世紀末厳しき折からくれぐれもほほえみ病など召されぬように

流行が終わるころには新作の発表がある世界の病気

B案の顔に決めたらA案とC案はもう次のお客へ

そしてまたマリンスノーは龍宮の太郎を眠らせ太郎の屋根に

「レモネードレイン」と呼べば酸性雨すらも静かに叙情していく

赤ちゃんのうちに手相の矯正をするのにつかう銀製の型

さまざまな説が飛び交う　口笛を吹けない人が増えた理由は

思い出をつくっておこう　寝たきりの老後に夢をみられるように

セミくらい大きな声で鳴けたなら　モラトリアムが長かったなら

ビクビクと食うな畜生　ゴミ置き場なんかジャンジャン散らかして食え

靴下のたるみをなおす要領で俺を肯定したい日もある

笑わない母を見舞いに行くための終バスを待つ兄と妹

三日ほど風邪で寝こんで久々に夢をたくさんみたので正気

傷口をなめ合おうよと近づいて「なおったから」と拒まれている

ため息を深く深く深く深く……ついてそのまま永眠したい

しゃぶるのをやめては僕がどんな顔しているのかを確かめる君

シャンプーの容器に入れた血液を飛ばして笑う遊びは禁止

この星でエイズにかかっていないのはあなた一人だ　孤独でしょうね

有罪になりたいがゆえ今いちど罪を重ねるごとき口づけ

絶倫のバイセクシャルに変身し全人類と愛し合いたい

バイバイと鳴く動物がアフリカの砂漠で昨夜発見された

ますの。

1999

あい、

階段にすわって朝を待ちながらゆうべの夢をうちあけ合った

「あさがおは夏の花っていうよりか小学生の花って感じ」

制服がしわにならないようにってそればっかりを気にしてやった

「じゃあまたって言いかけてから切れたからまたかけちゃったゴメンじゃあまた」

好きだった雨、雨だったあのころの日々、あのころの日々だった君

耐性ができてしまってもう君を裏返しても泣かしてみても

あの夏の数かぎりない君になら殺されたっていいと思った

時効まであと十五年　もしここで指の力をゆるめなければ

強姦をする側にいて立っている自分をいかに否定しようか

新しいＩ ＬＯＶＥ ＹＯＵの言い方は「君のエイズをうつしてほしい」

それならばイブにはダウンジャケットと鳥撃ち帽をぬいで祈りを

正しいハメ方はこうじゃないような気がする　何度やりなおしても

それを見る僕のたましいの形はどうせ祈りに似ていただろう

飛ぶときに首のうしろでジジジジと音がするのを君に聞かれた

「よかった?」と質問してもいないのに「よくなかった」と答えてくれる

寅さんの看板を見てガキのころ「つらいのやだ」と思った男

百人の男がいれば二百個の玉ぶーらぶら　風もないのに

ひとりでに目ざめた朝は髪の毛もしっぽも立ったまんま歯みがき

かき、

「自由って何だ」と叫ぶロッカーをルポする僕はフリーライター

少女らにウケるバンドのライブでは男子トイレがすいていて楽

縄文の時代にはまだなかったと思う言葉ですするインタビュー

「つたくもう」は「毛沢東」の業界語？「まったくもう」のまぬけな形？

話し手をまぬけに見せる手法①「ボク」や「アタシ」はカタカナで書け

「ライターになる方法をおしえて」と訊くような子はなれないでしょう

「言葉にはできない」という言葉ならジョーカーみたいにつかいまくって

カッコして笑いと書いてマルを打つだけですべてが冗談みたい（笑）。

「おもしろい原稿です」とノタマって「ただ……」と続ける長々し尾よ

「フリーってうらやましい」と言いながらけっして真似はしないのですね

仕事上聴くＣＤは仕事上タダでもらった音に聴こえる

なおせとは言わないまでもその顔は君の歌には似合っていない

差別とは言わないまでもドラマではホステスの名は決まってアケミ

太ってもやせてもたぶん君よりは宮沢りえは百倍美人

カンペキな玉にも傷があるようにナンシー関に体重はある

本当はだれが好きなの僕だけにそっとおしえて中森明夫

永遠に交わることはないだろうねじれの位置とねじめ正一

こわいのは生まれてこのかた人前であがったことのない俵万智

三代目魚武濱田成夫って枡野浩一みたいに素敵

雨の日に吉本ばななを読み返す　「正」という字で死をかぞえつつ

「直木賞受賞作家」という帯の芥川賞候補作品

新人賞選考会の議事録の話し言葉の美しくなさ

悪口は裏返された愛だけど愛そのものじゃないと思った

馬鹿中の馬鹿に向かって馬鹿馬鹿と怒った俺は馬鹿以下の馬鹿

あの野郎の追悼文は俺が書く　ほかのだれにも書かせはしない

こんなのはフルーツ味のノドあめのようにハンパな才能だから

書くことで落ちこんだなら書くことで立ちなおるしかないんじゃないか？

でも僕は口語で行くよ　単調な語尾の砂漠に立ちすくんでも

叶ってもわなくても消えていく

叶えばただの現実になり

この夢をあきらめるのに必要な「あと一年」を過ごし始める

人間は忘れることができるから気も狂わずに、ほら生きている

先立ったわが子の遺書を売る親よ

■■■■■は自殺じゃないか?

くりかえし裏返された裏声で地声をつくるくるくる狂う

自殺した少年の詩に酔いながら生きながらえてしまう夕暮れ

手荷物の重みを命綱にして通過電車を見送っている

つり革の輪がデカければ首つりの綱になるのに夕焼け小焼け

君の死は「完全自殺マニュアル」の十五ページにあるような死だ

塩酸をうすめたものが希塩酸ならば希望はうすめた望み

葬式は生きるわれらのためにやる　君を片づけ生きていくため

「生まれる」は受動、「生きる」は能動と考えている誕生日イブ

いちぬけた君を時々思いだすためだけにでもこちらにいよう

今夜どしゃぶりは屋根など突きぬけて俺の背中ではじけるべきだ

「このネコをさがして」という貼り紙がノッポの俺の腰の高さに

遅刻へと走る満員電車にてバンドエイドを中指に巻く

新宿へのぼる電車で自分史を一時間ぶん書いた老人

どことなく微妙にちがうものだった　なくしたものを取り戻しても

イヤホンは耳をふさいで考えが生まれることを防ぐ避妊具

恥ずかしい　イヤホンからの音もれは靴からもれる悪臭よりも

ギクシャクと向こうから来るひょろひょろはショーウインドーにうつった自分

無駄だからやらないんだね　無駄のない人生なんて必要あるの

やめようと誓った行きとやめるのをやめようかなと思った帰り

あしたにはあがる予報のどしゃぶりがスーツのしわをとる帰り道

どちらかといえばくだりの坂だった　おりた記憶のほうが多くて

辞書をひきバレンタインが破廉恥の隣にあると気づいている日

字の揺れを見せないようにワープロでしたためている短い手紙

今書いた手紙が無事に届くまで核ミサイルは落ちないでくれ

わけもなく家出したくてたまらない　一人暮らしの部屋にいるのに

深爪にすると一生なおらない　たかが一生　されど深爪

ファミリーがレスってわけか　真夜中のファミレスにいる常連客は

うつむいて考えごとをするたびに「とうとう」「否×」と答える陶器

政治家は大なり小なり政治家になろうと思うような性格

一人でも眠れるけれどデニーズで一人で明かす夜はひもじい

タバスコを振りかけすぎて咳きこんでそのまま風邪をひいてしまった

しなくてはならないことの一覧をつくっただけで終わる休日

「ホーホケキョ」「ホーホケキョ」って鳴く声が有名すぎるセリフのようだ

満月をつい何べんも確かめる　何べん見てもまんまるである

白壁に聖母を素描したわけを訊けずに泊まる先輩の部屋

こんじきの髪なびかせて「ぐれるにも顔が大事」と笑うトモユキ

やんなくちゃなんないときはやんなくちゃなんないことをさあやんなくちゃ

街じゅうが朝なのだった　店を出てこれから眠る僕ら以外は

ますの。

さっきまでみていた夢で読んでいた君の日記の綴じ糸が赤

増野ではなく升野でも舛野でも桝野でもない枡野なんです

愛について

2006

目覚ましの音のリズムで血液がシーツの上へ飛び散つてゐる

「ますちんは結婚しても童貞みたい」室井佑月にいはれる　ゆめで

久々に朝立ちしてる喜びも分かち合へずにしぼんでしまふ

素人と呼ばれてしまふ　それでよいと思つてしまふ　愛については

本当のことを伝えて憎まれてあげるくらいの愛はなくって

ドメスティックバイオレンスが専門の弁護士さんはもちろん女

実在しない暴力沙汰を語る時あなたは弱く優しく綺麗

暴力を受けても親を慕ふのが子どもなのだと説明される

慕はれてゐる親　イコール　暴力のない親だとは言へないらしい

被害者が四人ゐる家　加害者はパパまたはママ　または両方

叱る時ぶつたりすれば本物のパパと娘に見えただらうか

被害者が四人ゐる家　加害者は一人もゐないやうな気もする

加害者であると解釈されたならどんどんなつてゆきさうな俺

はつかなる染みにはワイドハイターを塗つて洗つて塗つて洗つた

被害者であると解釈したければどんどんどんなつてゆけさうな僕

その嘘をあなたが自分にゆるすなら続ければよい　でもそれは嘘

ドメスティックバイオレンスといふ流行に守られたいと思つたあなた

その嘘が十五年後の娘と息子に見破られても　続ければよい

ストーカー防止のための法律に守られたいと思ったあなた

悪いのは男だけだと本当に信じてるなら　続ければよい

言はれても痛くないのは嘘だから　痛ましいのもまた嘘だから

「君はストーカーなんかぢやない」と警官に励まされたりしたくなかつた

人前で歌ふ資格のない人が歌ふからＯＫ　でもそれは嘘

わかってるわかってるって言いながら沈むあなたを幾人も見た

小説を書かないやうに気をつけて紫の字でゐたはずだらう?

死にたい死にたい死にたい　そうまでして　死にたい人は生きたい人だ

夭折の詩人はみんな才能がなかった　生きていく才能が

これからはオネエ言葉で生きてくわ　明るい方があたしの道よ

それがある場所にはきっとあるんでしょ　あたし自身も忘れていたわ

息をする　生きていて今かなしみを味わっている　息をしていく

夢について

2010

抱きしめた夢の中では生きていて重さもあって温かかった

二番目の望みを書いて笹の葉に結ぶ　一番高いところに

そのことを忘れるために今はただ小さいことにくよくよしたい

お別れの言葉をちゃんと言うことで私一人の気が済んでいる

太陽を直接見ると危険だと　ああ伝えたい会えない息子に

あのあとも三木道三はその人と一生一緒にいたんだろうか

愛人がいるって人は奥さんに捨てられてない立派な人だ

願いごと何度も何度も言いそうで流星群は眺めなかった

愛読はもうできないと知っていて買えない本が何冊かある

切り売りというよりむしろ人生のまるごと売りをしているつもり

泣くな泣くな泣くな枡野　それなりに転がる夜もあったじゃないか

笑っても泣いても同じなんだから私は泣いていようと思う

一人では飯が食えない人になり一人で十日くらい生きたい

ファミレスに「星に願いを」流れてて季節のおすすめハンバーグ食う

あの人は元気でしたか？　いや別に何もおしえてくれなくていい

幸福に暮らしましたというふうに嘘なんだけど伝えてください

満開の桜をゆうべ見たけれど梅だったのか夢だったのか

忘れたくない悲しみを思いだす　記憶あやうい母を見舞えば

そうだった　そういうとこが好きだった　傷つけ合って別れた人の

朝焼けがとてもきれいで生きていてよかったような気がする色だ

謝れと強要されて心から謝れる人いるんだろうか？

そんなこと考えながらちんちんをいじっていたら夕方だった

ほんとうにそのことだけをまっすぐに願えただけでいい初詣

心中をする相手などいないからあしたもちゃんと蒲団で起きる

死にますが生まれ変わって来世ではだれかのことをまた愛したい

仲なおり　もしも私が仲ならば　娘につけてあげたい名前

誕生日ありがとう　また再会のように初めて会えますように

新宿の次は四ツ谷に停まります　そんなあしたを信じているか

こまぎれの　ゆめを　いろいろ　みた　どれも　かなつた　けれど　ゆめ　こまぎれの

君がみた夢を一緒にみるような　そして笑ってめざめるような

歌

2012

さようなら　さよなら　さらば　そうならば　そうしなければならないならば

近づいてきた手の指を振り払い　ひとりひとりになって歩いた

消しゴムでこすったせいで真っ黒になってしまったようなサヨナラ

遠く遠く離れていった　沈黙をしているように見えたと思う

この歌は名前も知らない好きな歌　いつかも耳をかたむけていた

ラララララ！

遠い昔にサヨナラを言い終わらずに別れた人よ

歩きだす　冬のにおいを吸いこんで　今朝みた夢を思いだしてる

かなしみにひたるのはまだひまがあるからなのかなとみるスケジュール

君はそのとても苦しい言いわけで自分自身をだませるのかい？

家を出て稼いだことのない人は何かを親のせいにしている

立つ前に「先立つ不幸」ではなくて「先立つ不孝」なのだと学べ

気をつけていってらっしゃい　行きよりも明るい帰路になりますように

我々とあなたが言ったその々に私のことは含めないでね

本人が読む場所に書く陰口はその本人に甘えた言葉

「死ぬくらいなら生まれるな」みたいです　「消すくらいなら書くな」だなんて

「がっかり」は期待しているときにだけ出てくる希望まみれの言葉

努力とは希望を持っている人にだけゆるされたまぶしい助走

まっすぐに批判されたい　宛先も差出人もわかる言葉で

ほめているあなたのほうがほめられている私よりえらいのかしら

「このような価値観を持つ私です」その告白が批評じゃないか？

だまされるほうが悪いと言われたが　だましたほうが悪いと思う

法律で裁かれている友達を法のすきまでゆるしていたい

おおロミオ　憎んだことがない者は愛したこともない者だろう

法律が裁かなくてもゆるせないだれかのことをゆるしはしない

「話せないことについてはおだまり」とウィトゲンシュタインさんは話した

少しって言葉は安易　安易だが少し淋しい気持ちで歩く

セックスを一回したら死ぬような人生ならば楽だったのに

あやまちを消しても消しても消えてない　消せないものがあやまちだけど

「好きでした」過去形ですねそうですかそれでも伝えたいことでした?

色恋の成就しなさにくらべれば　仕事は終わる　やりさえすれば

川柳と俳句と短歌の区別などつかない人がモテる人です

あーわかった　そんなに言うなら一度だけ抱いてやるから本気になるな

年齢を重ねた肌をしっとりとさせる必要あるんだろうか？

やせがまんしてほしいって頼まれたことがあります　しなかったけど

くさくさとしているときは　ぐさぐさとしたくなるから　くうくう寝ます

文章に書ける程度のかなしみを綴って君に見せておやすみ

ツイッター「フォローさせる」は選べない　愛を強要できないなんて

なんとなく人に言いたい朝帰り　セブンイレブンセブンイレブン

僕は今朝とても冷たくなっていた　今はそれほどでもありません

人生はひとつ残らず終わるので泣いているのはこちらの事情

生きていてよかったなんてよく思う　あす死んだっていいとも思う

雨上がりの夜の吉祥寺が好きだ　街路樹に鳴く鳥が見えない

心から愛を信じていたなんて思いだしても夢のようです

いまのぼく　ともだち１００にんいるのかな？　いちねんせいになってるのかな？

飛べ！　愛と勇気だけしか友達がいないアンパンマンの孤独よ

幸せになれたらいいな　アップルが指紋だらけになるより速く

ただ胸を張っていきたい　そのためにまだ必要なうつむきかげん

嘘つきになろうと思う　嘘をつく世界のことを愛するために

「それ言っちゃおしまい」ならばおしまいになればいいって思う（おしまい）

忘れてた自分の歌を遠くからそっと歌っておしえてくれた

誕生日おめでとう　きょうも好きでした　あしたもきっと好きだと思う

終わったとみんな言うけどおしまいがあるってことは素敵なことだ

だれかからメールがたまに来るような　よい一年でありますように

ハッピーじゃないエンドでも面白い映画みたいに　よい人生を

あじさいがぶつかりそうな大きさで咲いていて今ぶつかったとこ

前例はあるんだろうか「村の上の春の樹」という題の小説

本当は売れたいくせにそのことを隠すから駄目なんだと思う

得意げに過激な言葉　印刷をされているのは無害だからだ

ツイッター　過去の言葉は少しずつ文字が薄れていけばいいのに

ものすごいGがかかると聞いている　どこでもドアをくぐる瞬間

ファンである君にがっかりしましたとプロは言わないようにしている

私など生きていたって世界には利益もないし弊害もない

死にたいが生まれ変わって今よりも駄目な男になったら困る

本当に愛せるものは少しだけ　ドアから手を離して待っていた

目がさめた場所に忘れてきた夢を中央線で思いだしてく

この街を出ていく人の行く手にも静かに雨がふるとの予報

さよならをあなたの声で聞きたくてあなたと出会う必要がある

私には才能がある気がします　それは勇気のようなものです

眠れない私もいつか永遠に眠るからいい　おやすみなさい

さようなら　さようなら　また会いましょう　また別れたら　また会いましょう

虹

2022

僕もまたあなたの中の黒歴史　だれもが虹を見上げる今も

来世ではあなたを選ぶ僕がまだ選考委員でなくってごめん

しめきりに追われるような毎日はいつかの僕が夢みた暮らし

有名税また払いたくなるくらい有名印税ちゃんと下さい

私よりきらきらさせる人がいる　私がやっと拾った石を

打ち切りになった漫画が好きだった私もきっと切られる側だ

みてみてね　きょうみてみてね　あしたにもあしたがあるとおもわないでね

今ここにタイムマシンがあったって乗り遅れたりする私です

あひるの子　みにくいままで愛される話であればハッピーエンド

小公女　まずしいままで救われる話だったら今夜きかせて

王様とお妃様は末永く王様だけが幸せでした

「有害な男らしさ」を語るとき害は魅力の成分らしい

説教という欲情をする君のカチカチになる正論の棒

正義感あじわいながら気持ちよくいじめたいから起こる炎上

いじめではなく喧嘩なら勝ってきた側に肩入れする武勇伝

意地悪な人ほど強く生きぬいて優しい人が死んでかなしい

名前すら忘れた人をくりかえし思いだしては傷ついている

そうでしょう　心の持ちようなんでしょう　心を持つのお上手ですね

一歩ずつ来た道だからお別れを言い終わるのに時間がかかる

そうじゃない　二度と会わない人にこそ「じゃあまたね」って軽く言うんだ

改札の向こうへ去っていく人が振り返るかを気にするような

飛びたいと十三歳で思ってた　五十三歳でも思ってる

殺さずに生きてこられてよかったな　だれかのことも　自分のことも

なぜ人を殺しちゃだめか　仲なおりする可能性つぶさないため

あやまちを重ねて命あることの奇跡のきょうを生きますように

するたびに探したいって思うんだ　セックスよりもたのしいことを

ある歌を思いださずにいられなくなる風景を写真に撮った

雨上がりに虹が出るなんて人間がつくった物語みたいです

「待ち人は来ない」「自分で会いに行け」このおみくじは当たる気がする

ニュースにはならない日にも虹は出て消えて私がおぼえています

いつか

1989

|

2022

そのむかし俺がすすめた本ばかり愛読書として挙げる後輩

1989「短歌」6月号

1999『君の鳥は歌を歌える』

かみさまというのはきみのしたことをかなしんでいるだれかのことだ

またいつかはるかかなたですれちがうだれかの歌を僕が歌った

1999『君の鳥は歌を歌える』

あしたには消えてる歌であるように冷たい音を響かせていた

2001『ハッピーロンリーウォーリーソング』

E.T.に愛されるのが俺なんてこれっぽっちも思っていない

2004『もう頬づえをついてもいいですか?』

見覚えのある絶望を二度目なら愛せるような気もしています

2004『もう頬づえをついてもいいですか?』

消えるから炎　やまない雨はなく　いつか必ず死ぬから命

２００５「１０００００人のキャンドルナイト」展示

もういちど走り出そうと思う時なくしたもののぶんだけ重い

2005『あるきかたがただしくない』

ただひとつ悲しいことがあるだけで私の中のすべてが黒い

2005『あるきかたがただしくない』

2006『金紙&銀紙の　似ているだけじゃダメかしら?』

黒板に書く字は白い　そのようにわたしの色を決めてきたんだ

2016『愛のことはもう仕方ない』

会いたくて会えない人はあなたには会いたいなんて思ってません

ドラえもん　あなたがいるということが未来があるということだから

２０２０『ドラえもん短歌』文庫本帯

2022『今夜はブギー・バック』カバー

あの夜も今夜もダンスフロアーに華やかな影　踏み踏み笑う

全著作一覧

♣販売中　◆電子版あり　♠残部些少

※本書刊行時

【1】一九九五年九月　詩集『水戸浩一遺書詩集　ガムテープで風邪が治る』（新風舎）漫画と文字＝内田かずひろ　表紙デザイン＝こじままさき　責任編集と版下制作＝枡野浩一　※「現代詩手帖」投稿欄掲載作品集

【2】一九九七年九月　短歌集『てのりくじら』（実業之日本社）絵＝オカザキマリ（おかざき真里）　監修と装幀＝義江邦夫

【3】一九九七年九月　短歌集『ドレミふぁんくしょんドロップ』（実業之日本社）絵＝オカザキマリ（おかざき真里）　監修と装幀＝義江邦夫

【4】一九九九年三月　短歌集『ますの。』（実業之日本社）装幀＝祖父江慎

【5】一九九九年十月　エッセイ集『君の鳥は歌を歌える』（マガジンハウス）装幀＝篠田直樹　※映画や小説など他ジャンル作品を短歌化する試み

【6】一九九九年十二月　全曲作詞CD『枡野浩一プレゼンツ　君の鳥は歌を歌える』（東芝EMI）制作＝渡辺ゆき代、他　デザイン＝篠田直樹　参加ミュージシャン＝黒須チヒロ、TOMOVSKY、橘いずみ、山中さわお、瀬川英史、林舞、松岡モトキ、アベユミコ、奥井亜紀、DOREMI、イシバシ、小谷真美子、岩川祥子、他

【7】二〇〇〇年六月　漫画評『漫画嫌い』（二見書房）写真と装幀＝八二一　※「朝日新聞」連載を単行本化

【8】二〇〇〇年十一月　入門書『かんたん短歌の作り方』（筑摩書房）絵＝南Q太　装幀＝篠田直樹　編集協力＝小林延江　寄稿＝おかざき真里、小栗左多里、鴨居まさね、かわかみじゅんこ、魚喃キリコ　※「CUTiE Comic」連載を単行本化

【9】二〇〇一年七月　短歌集『ハッピーロンリーウォーリーソング』（角川文庫）写真と装幀＝池田進吾　※【2】と【3】の収録短歌を再構成し文庫化

【10】二〇〇一年八月　加藤千恵短歌集『ハッピーアイスクリーム』（マーブルトロン＋中央公論新社）装幀＝ボンバーズ　パッケージ・コンセプト＝パンプ＋イルドーザー　※デビュー短歌集の監修

【11】二〇〇一年十一月　啄木への手紙『石川くん』（朝日出版社）絵＝朝倉世界一　装幀＝秋山具義　監修＝糸井重里　※石川啄木短歌の現代語訳と鑑賞

【12】二〇〇一年十一月　詩集『愛蔵版ガムテープで風邪が治る』（新風舎）推薦文＝保坂和志　栞の座談会＝田中庸

介、高岡淳四　※【1】の愛蔵版（漫画や表紙デザインのスタッフ同一）♠「枡野書店」で残り五十五冊を販売中

【13】二〇〇二年二月　エッセイ集『君の鳥は歌を歌える』（角川文庫）　解説＝高見広春　※【5】の文庫版（装幀のスタッフ同一）

【14】二〇〇二年五月　付け句絵本『どうぞよろしくお願いします』（マーブルトロン＋中央公論新社）写真＝八二一　装幀＝篠田直樹　参加歌人＝天野慶、泉さやか、伊勢谷小枝子、伊藤隆浩、宇都宮敦、梅本直志、加藤千恵、かみやひろし、坂本みゆ、杉山理紀、辰巳泰子、月緒一、中川愛、長瀬大、仲間大輔、早坂類、平山理砂子、星川郁乃、正岡豊、村重佳美、脇川飛鳥、渡辺百絵　※初出「鳩よ！」、付け句と写真を組み合わせた絵本

【15】二〇〇二年七月　佐藤真由美短歌集『プライベート』（マーブルトロン＋中央公論新社）絵＝高橋信雅　装幀＝篠田直樹　※デビュー短歌集の監修

【16】二〇〇二年十二月　エッセイ集『日本ゴロン』（毎日新聞社）写真＝八二一　装幀＝こじままさき　※日本語論、「毎日新聞」連載の単行本化

【17】二〇〇三年二月　短歌集『57577 Go city, go city, city!』（角川文庫）装幀＝篠田直樹　参加漫画家＝朝倉世界一、内田かずひろ、オオキトモユキ、おかざき真里、小栗左多里、鴨居まさね、河井克夫、かわかみじゅんこ、業田良家、佐藤ゆうこ、しりあがり寿、辛酸なめ子、鈴木志保、高橋春男、魚喃キリコ、八二一、ばばかよ、町田ひらく、町野変丸、松尾スズキ、南Q太、やまだないと、リリー・フランキー　英訳＝丹美継（英訳協力＝晄晏隆幸）　※【4】の収録短歌を再構成し文庫化。短歌を四コマ漫画にする試み、英訳つき

【18】二〇〇三年十二月　短歌と文『淋しいのはお前だけじゃな』（晶文社）絵＝オオキトモユキ　装幀＝篠田直樹　※「ワコール・ニュース」連載の単行本化

【19】二〇〇四年八月　映画コラム短歌集『もう頬づえをついてもいいですか？』（実業之日本社）写真＝八二一　シネマ文字＝渋谷展子　装幀＝寄藤文平・坂野達也　※「月刊J-novel」連載の単行本化。短歌を字幕特有の手書き文字で写真にあしらった映画コラム集

【20】二〇〇四年八月　格言絵本『結婚するって本当ですか？』（朝日新聞社）共編著者＝むらやまじゅん　写真＝八二一　装幀＝篠田直樹　※古今東西の「結婚」にまつわる格言を集めた絵本

【21】二〇〇五年二月　短歌アンソロ

ジー『かなしーおもちゃ』(インフォバーン)編集=アライユキコ　装幀=篠田直樹　絵=武山忠司　帯写真=八二一　ゴーストライター=佐々木あらら　アシスタント=松田アキ　※ココログ「枡野浩一のかんたん短歌blog」投稿短歌作品集

【22】二〇〇五年九月　短歌アンソロジー『ドラえもん短歌』(小学館)絵=藤子・F・不二雄　AD=谷田浩(レイアウト=義江邦夫)　協力=河井克夫　カバー写真=緑園きよし　監修=藤子プロ　※選者

【23】二〇〇五年十二月　離婚後エッセイ集『あるきかたがただしくない』(朝日新聞社)装幀=篠田直樹　絵=寄藤文平　似顔絵と漫画=佐藤ゆうこ　コラム対談=むらやまじゅん　アシスタント=松田アキ　巻末対談ゲスト=長嶋有　解説漫画=河井克夫　※「週刊朝日」「朝日新聞」「毎日新聞」連載の単行本化

【24】二〇〇六年十月　書評小説『結婚失格』(講談社)絵=内田かずひろ　装幀=義江邦夫　寄稿=穂村弘、長嶋有　※書評の出てくる離婚小説

【25】二〇〇六年十一月　短歌小説『ショートソング』(集英社文庫)装幀=篠田直樹　表紙絵=中村佑介　企画執筆協力=佐々木あらら　短歌協力歌人=宇都宮敦、木村比呂、笹井宏之、仁尾智、柳澤真実、他多数　帯文短歌=宮藤官九郎 ♣◆

【26】二〇〇六年十二月　タレント本『金紙&銀紙の　似ているだけじゃダメかしら?』(リトルモア)銀紙=河井克夫　装幀=篠田直樹　表紙写真=八二一　協力=斎藤拓　帯文=松尾スズキ　※短歌と漫画の合作あり ♣

【27】二〇〇七年四月　啄木への手紙『石川くん』(集英社文庫)絵=朝倉世界一　装幀=篠田直樹　※【11】の文庫版(加筆訂正あり) ♣◆

【28】二〇〇七年六月　入門書『一人で始める短歌入門』(ちくま文庫)装幀=篠田直樹　絵=後藤グミ　※「週刊CHINTAI」テレビCM公募短歌アンソロジーでもある短歌入門書

【29】二〇〇七年九月　小手川ゆあ『ショートソング　1』(集英社)※【25】の漫画版一巻 ◆

【30】二〇〇八年二月　小手川ゆあ『ショートソング　2』(集英社)※【25】の漫画版二巻 ◆

【31】二〇〇八年三月　短歌と文『淋しいのはお前だけじゃな』(集英社文庫)解説=長嶋有　※【18】の文庫化(絵や装幀のスタッフ同一) ♣◆

【32】二〇〇九年一月　『ピュアフル・アンソロジー　初恋。』(ピュアフル文

庫）装幀＝松岡史恵　絵＝早川司寿乃　参加作家＝安藤由希、大崎梢、香坂直、永井するみ、前川麻子　◆枡野浩一noteにて『ジジジジ』販売中

【33】二〇〇九年六月　青春小説『僕は運動おんち』（集英社文庫）装幀＝篠田直樹　表紙絵＝今日マチ子　解説イラスト＝松尾スズキ　♣◆

【34】二〇〇九年十一月　『Twitter小説集　１４０字の物語』（ディスカヴァー・トゥエンティワン）装幀＝西野純子・堀内美奈巳・池田容子　絵＝堀内美奈巳　参加作家＝内藤みか、安達瑶b、新城カズマ、小林正親、渡辺やよい、吉井春樹、泉忠司、黒崎薫、円城塔　※Twitterサイズの小説と短歌で参加　◆

【35】二〇一〇年七月　書評小説『結婚失格』（講談社文庫）文庫解説＝町山智浩　※【24】の文庫版（絵や装幀のスタッフおよび寄稿者同一）◆

【36】二〇一一年二月　枡野浩一短歌集『ロングロングショートソングロング』（solosolo）編集と制作＝穂井田卓志　絵と文字＝後藤グミ　※iPhoneなどのApple製品で縦にスクロールして読む電子書籍（販売終了）

【37】二〇一一年四月　映画コラム短歌集『もう頬づえをついてもいいですか？』（実業之日本社文庫）帯文短歌＝山本文緒　装幀＝寄藤文平＋福田翼　フォーマットデザイン＝鈴木正道　※【19】の文庫版（写真や文字のスタッフ同一）♠「枡野書店」と一部オンライン書店で残り四八九冊を販売中

【38】二〇一一年六月　詩集『くじけな』（文藝春秋）絵＝後藤グミ　装幀＝関口信介　※初出Twitterの詩集。収録詩をもとに合唱曲が三回つくられ、うち二回は楽譜化され販売中　◆Twitter「くじけな」bot無料公開中

【39】二〇一一年七月　短歌アンソロジー『ドラえもん短歌』（小学館文庫）※【22】の増補文庫版（絵や装幀のスタッフ同一）♣◆

【40】二〇一一年十月　短歌と掌編『すれちがうとき聴いた歌』（リトルモア）絵＝會本久美子　装幀＝篠田直樹　※短歌をタイトルにした掌編小説集　♣

【41】二〇一二年三月　短歌集『歌　ロングロングショートソングロング』（雷鳥社）写真と寄稿＝杉田協士　装幀＝篠田直樹　※【36】収録短歌をもとにしたオールカラー写真短歌集

【42】二〇一二年四月　よるのひるね映画研究会『よるひる映研傑作選ＤＶＤブック』（青林工藝舎）装幀＝しまおまほ・松田亮太　参加監督＝古泉智浩、飯田華子、押切蓮介、梶保まみ、門田克彦、河井克夫、タイム涼介、千絵ノ

ムラ、苫米地春輝、中邑みつのり、奈良崎コロスケ、羽生生純、ピョコタン、藤枝奈己絵、堀道広、増山かおり、見ル野栄司、松江哲明　※阿佐ヶ谷の喫茶店「よるのひるね」を舞台とした自主映画ＤＶＤと解説小冊子。監督として参加、帯文も担当

【43】二〇一二年七月　『無伴奏混声合唱組曲　くじけない』（カワイ出版）作曲＝北川昇　※【38】の合唱曲の楽譜集　♣

【44】二〇一四年七月　入門書『かんたん短歌の作り方』（ちくま文庫）絵＝後藤グミ　装幀＝篠田直樹　解説＝佐々木あらら　特別寄稿＝宇都宮敦　短歌寄稿＝天野慶、加藤千恵、佐藤真由美、他　※【8】の文庫版（増補改訂あり）♣

【45】二〇一四年十二月　お笑いＤＶＤ『アンタッチャブル柴田の「ワロタwwww」～超絶おもしろいのに全く知られてない芸人たち～』（コンテンツリーグ）　※芸人コンビ「詩人歌人」としてＢＬ短歌コントで参加　♣

【46】二〇一五年二月　小説「高円寺エトアール物語『天狗キネマ』」（エトアール通り商店会）協力＝増山かおり、半澤則吉　装幀＝LOVIN'Graphic　絵＝樋口達也　写真＝佐藤正純　※高円寺エトアール商店会で無料配布された全三冊の冊子のうち一冊を担当。実在の店を舞台にした「町おこし小説」でもある、芸人小説　◆枡野浩一 noteにて無料公開中

【47】二〇一六年六月　実録小説『愛のことはもう仕方ない』（サイゾー）装幀＝篠田直樹　帯文＝中村うさぎ　写真＝佐々木あらら　※章タイトルが短歌になったノンフィクション小説　♠◆

【48】二〇一六年六月　絵本『あれたべたい』（あかね書房）絵＝目黒雅也　装幀＝篠田直樹　帯文＝角田光代　♣

【49】二〇一七年二月　『女声合唱アルバム　くじけな』（カワイ出版）作曲＝相澤直人　※【38】の合唱曲の楽譜集　♣

【50】二〇一七年六月　絵本『ネコのなまえは』（絵本館）絵＝目黒雅也　装幀＝絵本館　♣

【51】二〇一七年七月　『十歳までに読んだ本』（ポプラ社）装幀と絵＝鈴木千佳子　寄稿＝絲山秋子、犬童一心、加藤千恵、文月悠光、穂村弘、前田司郎、益田ミリ、町山智浩、山崎ナオコーラ、吉岡里帆、他　※七十名のエッセイ七十編、枡野浩一は詩集『ぼくは12歳』を紹介　♣

【52】二〇一七年九月　Ｔシャツ歌集『MASUNOTANKA20TH』（CAMPFIRE）デザイン＝谷田浩（STORAMA）マスコットマーク＝朝倉世界一　※短歌プリントＴシャツ二十首による「歌

集』。初版はクラウドファンディングで制作。のちに版を重ね、合計三十一首になる

【53】二〇一八年二月　童話『しらとりくんはてんこうせい』（あかね書房）絵＝目黒雅也　装幀＝あかね書房　協力＝佐々木あらら　♣

【54】二〇一九年二月　いとうせいこう対談集『今夜、笑いの数を数えましょう』（講談社）　対談ゲスト＝倉本美津留、ケラリーノ・サンドロヴィッチ、バカリズム、宮沢章夫、きたろう　※「笑い」に関する対談集。枡野浩一は第二回に参加　♣◆

【55】二〇二一年一月　童話『みんなふつうで、みんなへん。』（あかね書房）絵＝内田かずひろ　※「毎日新聞」連載の単行本化　♣

【56】二〇二二年一月　『あしたには消えてる歌』（枡野書店）絵＝山田参助　組版＝山階基　※「小説すばる」二〇一八年七月号発表の小説　◆電子版のみ販売中

【57】二〇二二年五月　絵本『シロのきもち』（あかね書房）原作と絵＝内田かずひろ　装幀＝篠田直樹　帯文＝ライムスター宇多丸　※原作漫画『シロと歩けば』に加筆して絵本化　♣

【58】二〇二二年七月　谷川俊太郎詩集『となりの谷川俊太郎』（ポエムピース）選＝田原　装幀と絵＝鈴木千佳子　※巻末解説エッセイおよび注釈コラム「枡野さんのつぶやき」担当　♣

【59】二〇二二年九月　短歌集『毎日のように手紙は来るけれどあなた以外の人からである　枡野浩一全短歌集』（左右社）装幀＝名久井直子　栞文＝俵万智　帯文＝小沢健二　※絶版となった短歌集（【2】【3】【4】【41】）の収録作に、それ以外の著作（【5】【9】【19】【23】【24】『愛について』【26】【35】『夢について』【47】）他から拾遺した短歌と、単行本未収録作を加えた全三五五首　♣◆

▼自作が掲載された高校国語教科書（明治書院、大修館書店）・教材・副読本および詩歌アンソロジー、漫画評などを寄稿した共著、話し手として参加した角田陽一郎・佐伯明・穂村弘・宮台真司・吉田豪・他各氏の著書は、このリストでは割愛しました。

▼出演した演劇『生きてるものか』『サロメvsヨカナーン』『耳のトンネル（再演）』、出演したテレビバラエティ『東京号泣教室』、出演したテレビドラマ『たべるダケ（第十一話）』、出演した映画『恋の門』『ON THE ROCK』『ユメ十夜』『グーグーだって猫である』、声優を担当した映画『豆大福ものがたり』等がDVD化されています。

枡野浩一（ますの・こういち）

一九六八年九月二十三日、東京うまれ。歌人。大学中退後、広告会社のコピーライター、フリーの雑誌ライター等を経て一九九七年九月二十三日、短歌絵本『てのりくじら』『ドレミふぁんくしょんドロップ』を二冊同時発売してデビュー。簡単な現代語だけで読者が感嘆してしまうような表現をめざす「かんたん短歌」を提唱。入門書『かんたん短歌の作り方』からは加藤千恵、佐藤真由美、天野慶らがデビューした。笹井宏之、宇都宮敦、仁尾智らの短歌をちりばめた小説『ショートソング』（佐々木あらら企画執筆協力）は約十万部のヒットとなり、若い世代の短歌ブームを牽引。高校国語教科書に《毎日のように手紙は来るけれどあなた以外の人からである》他掲載。受賞歴は二〇一一年十一月二十二日、明石家さんまが選ぶ「踊る!ヒット賞!!」および二〇二三年三月十九日、小沢健二とスチャダラパーが選ぶ「今夜は短歌で賞」。

毎日のように手紙は来るけれどあなた以外の人からである　枡野浩一全短歌集

二〇二二年九月二十三日　第一刷発行
二〇二四年七月二十九日　第九刷発行

著者　枡野浩一

発行者　小柳学
発行所　株式会社左右社
東京都渋谷区千駄ヶ谷三丁目五五－一二ヴィラパルテノンB1
TEL　〇三－五七八六－六〇三〇
FAX　〇三－五七八六－六〇三二
https://www.sayusha.com

装幀　名久井直子
印刷所　創栄図書印刷株式会社

 ISBN978-4-86528-099-9

装幀、栞文、帯文など、この上なく好きな方々に関わっていただいた一冊です。収録作を選ぶにあたって、左右社編集部筒井菜央氏と相談し、以下の方々（敬称略）にご意見を伺いました。お名前を出せなかった方を含め、これまで関わってくださったすべての方に深謝します。

著者

伊舎堂仁　宇都宮敦　岡野大嗣　荻原裕幸　工藤吉生　瀬戸夏子
千葉聡　永井祐　仁尾智　錦見映理子　藤井良樹　正岡豊